AF363859

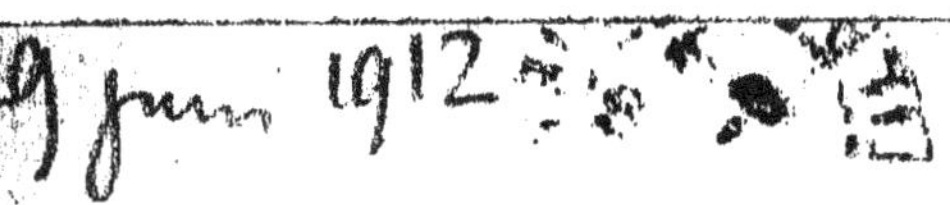

VENTE AUX ENCHÈRES PUBLIQUES
HOTEL DROUOT, SALLE N° 7
LE SAMEDI 29 JUIN 1912

à deux heures

TABLEAUX ANCIENS

Par, d'après, ou attribués à :

BERGHEM, BREENBERG, DAVID, DESPORTES, DROUAIS
FRAGONARD, HUET, HONDEKOETER, MOLENAER, MONNOYER, POURBUS
TASSAERT, VERNET ET AUTRES

TABLEAUX MODERNES

Par :

BERTHON, CHAPRON, CLARY-BAROUX
CORTAZZO, DEMARNE, FORT (TH.), ROUSSEAU (AD.), ETC.

ET DE DIFFÉRENTES ÉCOLES

EXPOSITION PUBLIQUE
LE VENDREDI 28 JUIN 1912

De 2 heures à 6 heures

COMMISSAIRE-PRISEUR
Mᵉ ANDRÉ DESVOUGES
Successeur de M. MAURICE DELESTRE
26, rue Grange-Batelière

EXPERT
M. GEORGES GUILLAUME
13, rue d'Aumale
PARIS

CONDITIONS DE LA VENTE

Elle sera faite au comptant.

Les adjudicataires paieront *dix pour cent* en sus des enchères.

L'exposition mettant le public à même de se rendre compte de l'état et de la nature des objets, il ne sera admis aucune réclamation une fois l'adjudication prononcée.

Paris. — Imp. de l'Art, Ch. Berger, 41, rue de la Victoire.

DÉSIGNATION

TABLEAUX

BALEN (École de Van)

1 — *Le Bain dans la grotte.*

— *Nymphes surprises.*
Deux panneaux se faisant pendants.

BERGHEM (Attribué à)

2 — *Bestiaux passant un gué.*
Panneau.

BERGHEM (Genre de)

3 — *Vaches et moutons près d'un arbre.*
Panneau.

BERTHON (N.)

4 — *La Prière au calvaire.*
Toile.

BERTHON (N.)

5 — *Rue de village.*

Toile.

BERTHON (N.)

6 — *Paysan.*

Toile.

BERTIN (Attribué à Jean-Victor)

7 — *Paysage accidenté.*

Toile.

BERTUCIUS (J.-B.)

8 — *La Décollation de saint Jean-Baptiste.*

Grand panneau.

BREENBERG (Attribué à)

9 — *Tobie et l'Ange.*

Panneau.

CHAPRON (Nicolas)

10 — *Enfants bacchants.*

Panneau.

CLARY-BAROUX

11 — *Bords de rivières.*

Deux toiles se faisant pendants.

CORTAZZO

12 — *La Seine à Chatou.*

Toile.

CORTAZZO

13 — *Portrait de Fillette rousse.*

Esquisse sur toile.

CORTAZZO

14 — *L'Omnibus.*

Esquisse sur panneau.

CORTAZZO

15 — *Vieillard.*

Panneau.

CORTAZZO

16 — *L'Entrée à l'église.*

Esquisse sur panneau.

CORTAZZO

17 — *Homme d'arme.*
   Panneau.

CORTAZZO

18 — *Les Baigneuses.*
   Panneau.

CORTAZZO

19 — *La Femme et le fauve.*
   Panneau.

CORTAZZO

20 — *Jeune Paysanne.*
   Esquisse sur toile.

CORTAZZO

21 — *La Balançoire.*
   Panneau.

CORTAZZO

22 — *Le Confessionnal.*
   Toile.

CORTAZZO

23 — *Femme dans un parc.*

Toile.

CORTAZZO

24 — *Cavalier.*

Esquisse sur toile.

CORTAZZO

25 — *Sujets à personnages en costumes du* XVIIIe *siècle.*

Quatre panneaux.

CORTAZZO

26 — *Motif d'architecture dans un parc.*

Toile.

CORTAZZO

27 — *Le Marché.*

Toile.

CORTAZZO

28 à 30 — *Sujets variés.* (Seront divisés.)

Dix panneaux.

CORTAZZO

31 à 35 — *Sujets variés.* (Seront divisés.)

> Deux cartons de dessins, aquarelles, gouaches, etc.

CORTAZZO

36 à 40 — *Sujets variés.* (Seront divisés.)

> Un carton de gravures, pointes sèches, eaux-fortes, lithographies, etc.

COURBET (D'après)

41 — *Les Roches.*

> Toile.

COYPEL (École de)

42 — *Naïades et dieux marins.*

> Toile.
> Cadre en bois sculpté et doré.

DAVID (École de)

43 — *Sujet allégorique.*

> Toile.

DEMARNE

44 — *Bestiaux passant un porche.*

> Toile.

DESPORTES (École de)

45 — *Raisins et vaisselle sur une table.*
    Panneau.

DROUAIS (Attribué à)

46 — *La Femme à la rose.*
    Toile ovale.

FORT (THÉODORE), d'après GÉRICAULT

47 — *Cheval à l'écurie.*
    Toile.

FORT (THÉODORE)

48 — *Attelage d'artillerie.*
    Toile.

FRAGONARD (École de)

49 — *Sujet idyllique.*
    Panneau.

HONDEKOETER (Attribué à)

50 — *Cygne mort sur un tapis.*
    Toile.

HUET (Genre de J.-B.)

5 1 — *Villageois et bestiaux dans les montagnes.*
Deux petites toiles décoratives.

HUGTEMBURG

5 2 — *Sac d'un village.*
Toile.

KABEL (Attribué à Van)

53 — *Marine.*
Toile.

KESSEL (Attribué à Van)

54 — *Aréopage d'animaux.*
Toile.

KONINCK (Attribué à de)

55 — *Les Pèlerins.*
Panneau.

LANCRET (D'après)

56 — *La Corbeille de fruits.*
Toile.

LE BOURGUIGNON (Genre de)

57 — *Escarmouche.*
Toile.

LEDUC (JEAN)

58 — *Intérieur de corps de garde.*
Toile.

LE POITEVIN (Attribué à)

59 — *La Loire à Blois.*
Toile.

MOLENAER

60 — *Moines festoyant.*

Panneau. Signé à droite en haut.

MONNOYER (École de)

61 — *Bouquet de fleurs dans un vase.*
Toile.

NEUVILLE (Attribué à DE)

62 — *Le Donjon.*
Toile.

PARROCEL

63 — *Choc de cavalerie.*
> Toile.

PATA (C.)

64 — *Paysage verdoyant.*
> Toile.

POURBUS (Attribué à)

65 — *Portrait d'Homme vêtu de noir et coiffé d'un toquet.*

POURBUS (École de)

66 — *Portrait de Femme en riche costume, le col garni d'une fraise.*

POURBUS (École de)

67 — *Portrait d'Homme.*

PRIEUR

68 — *Le Puits.*
> Toile

ROCTON (S.)

69 — *Vue de Saint-Servan.*
> Toile.

ROCTON (S.)

70 — *Vue de Saint-Malo.*
Toile.

ROUSSEAU (Ad.)

71 — *Paysages.*
Deux panneaux se faisant pendants.

SIMON (A.)

72 — *Fleurs et fruits sur une table.*
Panneau. Signé à droite en bas.

STELLA (Attribué à Jacques)

73 — *Bestiaux et bergers près d'un cours d'eau.*
Panneau.

SWEBACH (Genre de)

74 — *La Halte à l'auberge.*
Toile.

TASSAERT (École de)

75 — *Napoléon devant une ville en flammes.*
Toile.

TENIERS (Genre de)

76 — *Réjouissances villageoises.*
Gouache.

TITIEN (D'après Le)

77 — *Le Martyre de saint Pierre.*
Toile.

VERNET (D'après Joseph)

78 — *Entrée d'un port.*

— *Barques au clair de lune.*
Deux toiles se faisant pendants.

WINET

79 — *Coucher de soleil sur le fleuve.*
Toile.

ÉCOLE ANGLAISE

80 — *Tête de Jeune Fille coiffée d'un bonnet.*
Toile.

ÉCOLE ANGLAISE

81 — *Profil de Femme blonde coiffée d'un vaste chapeau.*
Toile.

ÉCOLE ANGLAISE

(Commencement du XIXe siècle)

82 — *Buste de Femme blonde couronnée de lauriers.*

Toile.

ÉCOLE ANGLAISE

(Commencement du XIXe siècle)

83 — *La Laitière.*

— *La Jardinière.*

Deux toiles se faisant pendants.

ÉCOLE ANGLAISE

84 — *Église au bord de la mer.*

Toile.

ÉCOLE ANGLAISE

85 — *Les Laveuses.*

Panneau.

ÉCOLE ANGLAISE

86 — *Groupe de maisons à l'entrée d'un pont.*

Toile.

Cadre doré à palmettes.

ÉCOLE FRANÇAISE (xviie siècle)

87 — *Portrait de Femme vêtue de rouge, le col garni d'un double rang de perles.*

Toile ovale.

ÉCOLE FRANÇAISE

(Commencement du xixe siècle)

88 — *Le Baptême.*

Toile.

ÉCOLE FRANÇAISE de 1830

89 — *Intérieur d'église.*

Toile.

ÉCOLE FRANÇAISE de 1830

90 — *La Mare.*

Toile.

ÉCOLE FRANÇAISE

91 — *Portrait d'Homme à perruque poudrée.*

Pastel.

ÉCOLE FRANÇAISE

92 — *Portrait de Femme en costume décolleté jaune drapé de bleu, portant une rose au corsage.*

ÉCOLE FRANÇAISE

93 — *Portrait d'Homme vêtu de jaune.*
Toile.

ÉCOLE FRANÇAISE

94 — *Portrait d'un Guerrier en armure.*
Toile.

ÉCOLE FRANÇAISE

95 — *Portrait d'Homme assis portant un habit
à brandebourgs.*
Toile.

ÉCOLE FRANÇAISE

96 — *Portrait d'un Marquis tenant une feuille
de dessins.*
Toile.

ÉCOLE FRANÇAISE

97 — *Portrait de Fillette en corsage blanc.*
Panneau.

ÉCOLE FRANÇAISE

98 — *Portrait de Femme brune, les chevaux en-
rubannés de rouge.*
Toile.

ÉCOLE FRANÇAISE

99 — *Religieuse en prières.*

Toile.

ÉCOLE FRANÇAISE

100 — *Les Enfants et le petit chien.*

Toile.

ÉCOLE FRANÇAISE

101 — *Médaillon de personnages dans des attributs.*

Petite toile décorative.

ÉCOLE FRANÇAISE

102 — *Paysans et bestiaux aux champs.*

Toile.

ÉCOLE FRANÇAISE

103 — *Fruits dans une corbeille.*

Toile.

ÉCOLE FRANÇAISE

104 — *Melon, prunes, pêches, raisins.*

Toile.

ÉCOLE FLAMANDE

105 — *Joueurs de cartes devant un cabaret.*
Panneau.

ÉCOLE FLAMANDE

106 — *Les Tisserands.*
Toile.

ÉCOLE HOLLANDAISE

107 — *Marchands et musiciens sous le porche d'une hôtellerie.*
Toile.

ÉCOLE FLAMANDE

108 — *Réunion de personnages dans un cabaret.*
Toile.

ÉCOLE HOLLANDAISE

109 — *Scène de patinage sur un canal.*
Panneau.

ÉCOLE ITALIENNE

110 — *Le Christ en croix.*
Toile.

ÉCOLE ITALIENNE

111 — *La Vierge, l'Enfant Jésus et saint Jean.*
Toile.

ÉCOLE ITALIENNE

112 — *L'Adoration des mages.*
Marbre.

ÉCOLE ITALIENNE

113 — *Le Débarquement des denrées.*
Grande toile.

ÉCOLE ITALIENNE

114 — *Paysage accidenté avec figures.*
Toile.

ÉCOLE ITALIENNE

115 — *Paysage animé.*
Toile.

ÉCOLE MODERNE

116 — *Femme arabe.*
Panneau.

ÉCOLE MODERNE

117 — *Le Moulin à eau.*
> Toile.

ÉCOLE MODERNE

118 — *Le Barrage.*
> Toile.

ÉCOLE MODERNE

119 — *L'Embarcadère.*
> Panneau.

ÉCOLE MODERNE

120 — *Vaches à l'abreuvoir.*
> Toile.

INCONNU

121 — *Moine en prières.*
> Toile.
> Cadre en bois sculpté et doré.

INCONNU

122 — *Esclave nègre.*
> Toile.

INCONNU

123 — *Génisse à l'étable.*
Toile.

INCONNU

124 — *L'Approche de l'orage.*
Toile.

INCONNU

125 — *Paysage d'hiver.*
Toile.

INCONNU

126 — *Nature morte.*
Toile.

INCONNU

127 — *Oiseaux morts et fruits sur une table.*
Panneau ovale.

128 — Sept pièces encadrées: aquarelles, dessins, peintures, etc. (Seront divisées.)

129 — Objets omis.